사랑이 있는 곳

사랑이 있는 곳

—

초판 1쇄 2016년 10월 10일
지은이 이일향
펴낸이 김영재
펴낸곳 책만드는집

—

주소 서울 마포구 양화로3길 99 4층 (04022)
전화 3142-1585·6
팩스 336-8908
전자우편 chaekjip@naver.com
출판등록 1994년 1월 13일 제10-927호
ⓒ 이일향, 2016

—

—

ISBN 978-89-7944-582-4 (04810)
ISBN 978-89-7944-513-8 (세트)

한국의
단시조
015

사랑이 있는 곳

李一香 시집

책만드는집

| 시인의 말 |

나는 백수白水 정완영 선생님께 시조를 배웠다. 스승은 시조는 단수가 생명이라고 일러주셨다. 공부를 시작한 지 어언 사십 년, 글자를 맞추며 내 나름대로 다듬어온 시조가 백 편을 넘어섰다.

한 권 책으로 묶기 위해 원고를 정리하는데 올해 구십팔 세의 노스승께서 위중하시다는 소식을 들었다. 부디 쾌유하시어 백수白壽를 훌쩍 넘기시기를 빌며 이 작은 책자를 스승께 바친다.

끝으로 기꺼이 출판을 맡아주신 '책만드는집' 김영재 선생님과 해설을 써주신 유성호 교수님께 감사의 인사를 드린다.

－2016년 8월
이일향

5

| 차례 |

2부 벗은 나무

3부 석일당 시초

4부   네바 강의 밤

5부   구름 해법

1부
사랑이 있는 곳

사랑이 있는 곳

살아 꼭 하나 갖고 싶은 것
사랑밖에 무엇 있나

그 하얀 가슴을 우벼
얼마나 쓸쓸했던가를

조용히
이야기하며
너랑 밤을 새우리라

피리 구멍

그대여
당신 생각에
이슬방울 맺힌다면

눈부신
하늘빛을
머리 위에 이고 가면

저녁놀
한 자락 떠올릴
피리 구멍 되고파라

등대를 보며

외로움이
바다에 피면
깜박이는 저 광망光芒인가

날 새면
불꽃 다 지고
촛대로만 남은 뼈대

하늘땅
하나로 끌안아
세우고픈 욕망이네

어떤 풍경

아홉 자
좁다란 방은
눈 감으면 넓은 사막

염천에
타는 강물은
피 흘리는 목숨인가

아, 내일
열사熱砂의 내일이
사구처럼 누워 있다

가을 단상斷想

들풀들
물들어 눕는데
넝쿨들
팽팽히 매어라

시고 떫던 열매
슬픔도
단물 실리고

밟히면
소리로 우는가
은혜로운
이 가을빛

무덤이 있는 풍경

빈손은 아니었네

가지런히 묻힌 봉분

할 말은 반만 떠서

초승달로 누워 있고

못 할 말 꽃으로 왔는가

흩어져 핀 들국화여

제일 祭日
– 당신 30주년에

눈 한번 감은 후로
삼십 년 세월이 흘렀는데

그 길이
하도 멀어
소식 한 장 바이없네

구름길
흩어졌는가
바람 되어 잦았는가

실버들

무슨 시름 그리 깊어
나루터에 나와 서서

삼단 같은 머리채를
네가 홀로 감고 섰나

소쩍새
울음소리를
강물 위에 흘린 채로

지상地上의 시

내가 떨군 선혈 한 방울
번져나는 이 화선지

어두운 정적 속에도
외로운 꽃은 피고

소생한
별빛이 불타는
아 나의 시
나의 설움

봄은

봄은
외로운 병실
봄도 더불어 않는다

봄은
사막 위에도
하나의 섬을 짓고

고도孤島에
밤이 찾아들면
철썩철썩 파도가 뒤척인다

잠 잃은 밤에

묻혀 간
추억들이
추적추적 살아 나오고

헐벗은
생각들이
짐승처럼 기어 나온다

자욱한
풀벌레 소리
젖어 내린 이 아닌 밤

망부석

돌이어라 돌이어라
사랑도 기다림도

해 뜨는 바다 저쪽
내 울음은 닿지 않고

이끼 낀
앙가슴 위로
흩뿌리는 비바람

지창 紙窓

불을 끄고 잠을 청해도
생각은 천만리라

나뭇잎 흘러가는
바람 소리 몸 시린데

창문에
어리는 달빛
밤을 도로 앗는다

허기

뻐꾸기 울음소리가
덕 너머에 못을 박는다

무덤 같은
적막을
남은 날의
시장기를

길손들 벗어놓고 간
무주공산 이 허기를

적일 寂日

지다 만 단풍나무
배를 깔고 누운 바위

비를 뿌리다 멎고
풀벌레 울음이 긴데

해 저문
적막이 찾아와
혼자 서성거린다

환청 幻聽

계단을 내려오는
당신의 발자국 소리

새벽잠 흔들리는
또 너희들 발자국 소리

이젠 다
멀어져 가는
내 머리맡 발자국 소리

성묘

새양꽃 흐르는 향
당신의 묘비 앞에

더운 볼을 비비대면
새벽이슬 스러지고

젖어든
차가운 뺨에
산새 소리 묻어난다

단풍나무 아래서

단풍나무 푸른 잎이
뿌리는 푸른 바람

가고 있는 그 여름이
파도처럼 또 오건만

그날의
꿈 이야기를
혼자 줍는 이 슬픔

오열 嗚咽

매를 맞는 손이 있다
아파 떠는 손이 있다

맺힌 피 타는 자국
부러져 나간 세월

어둠 속
슬픈 묘비 앞에
접어 뜨는 하얀 반달

노천탕의 노부부

옛 생각
물안개 속에
몸을 담근 노부부는

수국빛 저녁 하늘이
사무친 듯 눈을 감지만

청춘은
하루해였던가
붉은 노을
지고 있다

산길 1

허리 굽은 늙은 노송
산길은 솔솔바람

되살아난 기억처럼
구름 한 점 떠 서 있고

황혼을 예감하는가
엉겅퀴 꽃씨가 날린다

산길 2

산 그림자 밟고 서면
나는 언제나 혼자일 뿐

골물은 울어 예는데
물어도 대답 없네

숲 속에 소리만 전한 채
몸을 숨긴 산새 한 마리

맷돌

내 가슴은 맷돌
시를 갈다가 갈다가

풋콩 같은 사랑을
갈아도 보았었는데

지금은
핏덩이만 갈리는
아픈 세월만 갈리는

떡갈나무의 봄

성당 앞 빈터를 지키던
한 그루 떡갈나무

안으로 피를 덥혀
온 겨울을 지키더니

가슴에
고이는 봄바람
초록 눈을 몰래 뜨네

2부
벗은 나무

벗은 나무 1

입을 옷 입어보고
벗을 옷도 벗어보고

봄, 여름 맞아보고
가을, 겨울 보내보고

다 벗고
더 넓은 하늘을
얻어 입고
선 나무

벗은 나무 2

너보다 더 밝은 촛불이
이 세상에 어디 있는가

너보다 무거운 침묵이
이 세상에 어디 있는가

모를래
다 벗고 선 채로
하늘 심고
선 나무

벗은 나무 3

나무는 모르는 채
눈을 감고 섰다가도

하늘의 부르심인가
낙엽으로 보내니라

다 벗고
빈 하늘 입고
줄 고르듯 하니라

벗은 나무 4

타다 남은 그리움이
뼈대로 서 있구나

꽃 지고 잎이 지고
계절도 훌훌 벗고

삭풍이
오히려 따뜻해라
기대서서 우는 나무

벗은 나무 5

가진 것 다 내려놓고
무슨 짐을 또 지겠나

저 산 저 강물이
걸쳐 입는 한 벌 옷

걸어온
길이 없으니
돌아갈 길 없어라

겨울밤에 쓰는 詩

꿈길도 천리만리
달아나고 다 없는 밤

별빛도 또랑또랑
장지 구멍 다 뚫는다

달래고
타일러 봐도
돌아눕는 저 별빛

창살도 여윈 밤

허전한 날 바람벽으로
돌아누운 이 고적감

지창 여윈 문살
달빛은 젖어들고

누구라
불러볼 사람도
다시 없는
내 그림자

잃어버린 노래

고추잠자리 엷은 나래
비치는 가을 하늘

덧없이 날아와서
흰머리 물들인다

천지간
고향 생각이
눈시울에 다 실린다

독서

낙엽인가 했더니만
책갈피 속 벌레 소리

문갑 위 오메기떡
심심한 동치미 맛이

겨울밤
잦아든 졸음도
술이 익듯 향긋해라

겨울밤

바람벽을 향하여
혼자 누운 겨울 삼경

한지로 바른 창에
달빛도 스며드네

이제나
저제나 해도
잠은 멀어 오지 않고

비탈진 세월

멀어간 내 푸른 날
그 언덕 넘어 스러지고

비탈진 세월일래
백발 이고 길 나서니

노을도
숨어버리고
땅거미가 자리를 편다

유성流星

네 눈에 안 보인다고
없다고만 하지 마라

어두운 밤하늘에
묻어둬도 빛나는 별

그 너머
한 금을 더 긋고
떨어지는 별똥별

성당 앞 떡갈나무

주일날 성당 가면
반겨 맞는 떡갈나무

봄이면 먼저 피고
가을 앞서 낙엽 지나

내 기도
사계절 캘린더
이제 몇 장 남았을까

시 詩

오는 곳을 모르는데
가는 곳을 어찌 알랴

썼다가는 지우고
지웠다가 다시 써도

빈 들녘
바람 소리 되어
떠도는 영혼 한 줄

노을에

궁궐이 무너지듯
하루해가 무너졌다

노을은 서역 만리
서녘 하늘 더 구만리

사랑도
이별도 한 시절
타고 나면
한 줌의 꿈

감꽃

뒤척이는 하늘가에
바람은 칭얼대고

감꽃이 가랑비처럼
떨어지는 어스름에

산마을
햇살을 꺾어
그림자를 지운다

한낮

대자리
펴고 누워
묵은 시집 읽고 있다

창밖의
솔바람은 속눈썹을 간질이고

졸음을 깨우려는가
쏟아지는 매미 소리

봄밤 1

어제 불던 꽃바람이
행여 나를 엿볼세라

머플러로 얼굴 감싸
죄인처럼 가슴 떨고

별하늘
건너지 못해
밤이 혼자 울고 있다

진달래꽃

터지는 봇물처럼
한 아름 안기는 봄

헤쳐왔던 외로운 삶을
뉘한테 기대볼까

사랑은
주홍 글씨인가
홀로 타는 진달래꽃

고해 告解

콘크리트 그 적막에
내가 갇혀 있습니다

시간의 두려움이
온몸을 얼립니다

고독이
어둠을 뚫고
전류로 흐릅니다

들꽃

이름 없는 내 시처럼
흩어져 핀 작은 꽃아

어느 날 풀밭에서
잃어버린 깃털 같은

그냥 그
풀 끝에 맺혀
향기 품은 작은 꽃아

감꽃

흐르는 실바람에
하늘빛 흐르는 날

뒤란에 잠긴 고요
감꽃 하나 떨어지고

깊은 골
비둘기 울음도
산노을에 물이 든다

사랑은 1

밀물처럼 오다가는
썰물처럼 또 나가는

가래도 가지지 않고
오라 해도 와지지 않는

사랑은
해조음 같은 것
먼 바다로 울리는 것

팔베개

빗속을 가르는 차 소리
찢어지는 저 파열음

사방이 저승목인가
어둑한 이 골방은

오소소
적막이 혼자서
팔베개로
누워 있다

3부
석일당 시초

아내

-1979. 10. 09.

촛농이 타 흐릅니다
내 눈물이 흐릅니다

새하얀 모시 적삼
풀이 서고 싶었는데

아내란
참 고운 그 이름
아 허공의 메아리여

적寂

아내란 그 이름이
빛바래진 모시 적삼

남치마 받쳐 입고
나는 꽃을 꽂는다

유현한
정적을 불러
탁, 탁, 무상을 자른다

병상을 지키며

시한부 생명이기
더 못 가질 목숨이기

돌로 굳었는데도
발톱만은 자라는가

눈물로
삼킨 통곡이
피로 맺힌 이 아픔

허_虛

혼자 미쳐 설레는 바다
혼자 가라앉아 우는 바다

하늘에 일며 지며
이승 밖을 도는 구름

갈매기
울음소리에
목선 하나 밀려간다

진솔옷

타다 남은 내가 홀로
봄빛 앞에 외로워라

잊고 살았던 나날
진솔옷 개어둔 채

덜 익은
세월의 둘레
나이테만 감긴다

석등 石燈

하얀 돌 포개 얹어
내 뜰 안에 세워두고

밤이면 별빛마저
받아 인 채 불을 켠다

예순 해
솔바람 소리
밤을 기대 서본다

묵주처럼

이 밤 소쩍새 소리
굽이 잦은 강물을 덮고

흘린 문물을 꿰어
묵주처럼 걸었다가

한목숨
다하는 그날
뉘 손에다 옮길까

직녀織女

그 어둠 시루 속에
켜켜이 쌓아 올려

이승 끝 외까마귀
눈물로 먹을 갈아

사무친
만단 회포로
실을 뽑고 앉았다

가을비

울연히 저문 날은
천 년도 가즉하고

지나온 길목마다
노을빛 자국만 남아

밤사이
내린 서리를
짓이기는 가을비

막장

늦가을 뒷모습은
어디로 사라졌나

사윈 벌레 소리도
폐허를 걷는 길손

세상은
막장과 같아
돌아갈 데 없어라

낙과 落果

사노라면 세월 한켠에
낙과처럼 내려앉는다

비바람 매운 서리
눈물 맛도 젖어들고

파리한
마음 한구석
벌레 먹어 더 무겁다

강 1

감돌아 굽이굽이
기슭을 깎는 강물

그 아픔 타는 노을
물 위에 실려 간다

그림자
이가 빠져도
제 모습을 찾는가

강 2

다들 네게로 와서
그림자로 잠겨 있다

물에 쏟아진 별빛
미리내가 여기거니

흐드러
꽃구름 띄워
이승 밖을 흐르리

강이고 하늘 사이

하늘 한 자락 이끌어
내 영혼 이랑에 댈까

메마른 이랑마다
윤이 돌아 새싹 틀까

강이고
하늘의 사이
펼쳐 누운 내 가슴에

그 사랑 지상에 내리면

사랑으로 피륙을 짜면
내 영혼은 공단이 될까

고독은 가물가물
구천에 사무칠까

그 사랑
지상에 내려와
가을이라 물이 들까

산뻐꾸기

밀물지는 그리움에
굽이마다 목을 놓으며

삼단 같은 머리채로
풀어 우는 뻐꾸기야

어느 산
어느 골 깊이
푸른 숲을 세워 우노

동행

너와 나 물에 잠기면
호수도 하늘이 된다

너와 나 몸을 뒹굴면
세상은 풀밭이 되고

둘이서
부리를 묻으면
물도 잠든 흰 구름

나무가 있는 풍경

두 그루 세월나무
먼 지평을 열고 서고

여명의 하늘가에
까치노을 물들인다

따스한
숨결 돌리며
얼굴 서로 비비며

노을이 있는 풍경

봉선화 같은 노을
짓이겨서 발라놓고

그림자 심은 나무
이승 밖에 서 있어라

감감히
어둠이 묻히면
길 떠나갈 나그네

한목숨 아끼던 날도

-석일당 시惜日堂詩 1

오늘도
해 질 무렵
먼 산을 바라본다

눈앞에
푸르무레
머흐는 이내 속을

한목숨
아끼던 날도
함께 서려 흐른다

마음은 제자리 못 얻고
−석일당 시惜日堂詩 2

서울서
차를 몰아
검단산은 한 시간 길

기슭에
터를 얻어
한 칸 집을 지었건만

마음은
제자리 못 얻고
혼자 바자닙니다

산 숲엔 저들만 둘이서

—석일당 시惜日堂詩 3

산나리꽃 같은 해가
혼자 가는
하룻날은

내리는
골물 소리
그도 혼자 흘러가고

산 숲에
저들만 둘이서
넘나드는 꾀꼬리

밤 재운 달빛이 와서
−석일당 시惜日堂詩 4

질화로
불은 밝고
푸른 차 끓는 향기

솔숲에
떨어지는
빗소리도 끊어지고

밤 재운
달빛이 와서
아자창亞字窓에 어린다

그 불빛 노을에 닿아
– 석일당 시 惜日堂詩 5

벽난로
불 지피면
가는 날 아깝구나

단풍 진
앞뒤 산이
모닥불로 타는 소리

그 불빛
노을에 닿아
저물 해가 더 붉고

강 건너 이 산 저 산을
－석일당 시惜日堂詩 6

철새들
어디 가고
별빛만 쏟아지나

끊겼던
그의 소식
찬 서리로 밤을 뎁혀

강 건너
이 산 저 산을
불빛 외로 깜박인다

나뭇잎 한 잎 지우듯
— 석일당 시惜日堂詩 7

저문 산
바라보니
섭섭하게 물이 든다

하늘도
고즈넉이
당신 생각 잠겼는데

나뭇잎
한 잎 지우듯
또 하루가 저문다

잔盞 가득 따르는 말씀이
─석일당 시惜日堂詩 8

어둠도
사향 먹처럼
곱게 갈아 향기론 밤

한갓
졸립는 등불도
낙도落島인 양 아득하고

잔 가득
따르는 말씀이
이 밤 가득 실립니다

뜨겁고 은밀한 야반夜半이
-석일당 시惜日堂詩 9

눈 위에
쌓인 달빛
깃털보다 부드런 밤

어둠을
사르면서
촛불 혼자 타고 있다

뜨겁고
은밀한 야반이
촛농으로 타고 있다

벽난로 불 지펴놓고

—석일당 시惜日堂詩 10

가을이
가고 나면
겨울이 또 오겠지

낙엽이
지고 나면
눈발이 날리겠지

벽난로
불 지펴놓고
나는 밤을 새겠지

4부
네바 강의 밤

가슴이 잔盞이라면

가슴이
잔이라면
우리 정은 술입니다

세월이
흐른단들
달과 구름 아니리까

내 사랑
가득히 따르어
이 봄밤을 보냅니다

바람은 구름 싣고

잘 닦인
포장도로

끌고 가는 세월 굽이

무거운
내 연륜을

영마루에 부려놓으면

바람은
구름을 싣고

둥실 재를 넘는다

구름에 이끌리어

아득히
빈 하늘을

가득 차서 흘러간다

구름에
이끌리어

새살 돋듯 돋은 달이

구만리
열어둔 하늘을

밝혀 들고 흘러간다

봄밤 2

어둠이
잦아들어

나래 펴는 이 봄밤을

하늘에
빠진 달이

강물에도 떠 흐른다

천지간
가득히 실려라

둘이 타는 조각배

봄밤 3

하루해
흐르던 강물

밤이 들자 잠겨들고

강 건너
천호동에

하나둘씩 피는 불빛

옷자락
지척에 있어도

그리움은 멀어라

기러기

하늘은
아득하고
산은 자꾸 다가온다

어스름
저문 날에
바람은 헛손질만

갈밭에
여윈 기러기
깃을 접고 내린다

인왕산仁旺山

부르면
다가오고
눈 감으면 물러서고

보슬비
젖는 저녁
구름 사紗 비껴 입다

자하문紫霞門
열고 선 인왕
사직社稷 골은 잠들어

어느 세모에

또 한 해
쌓이누나
섣달도 하마 그믐

인왕도
까마득히
어스름에 잠겼어라

찬 바람
등에 업고서
혼자 앉은 하늘 밖

장강수 長江水
—장남 진우에게

하루해
보채는 골물도
시냇물도 다 데불고

세월에
세월을 보태며
흘러가는 장강수

강물은
푸른 들 한 자락
펼쳐 들며 가느니라

차오르는 나의 달아

－차남 진규 박사학위 받던 날, 버클리대학 마당에서

오월의
신록을 펼치며
하늘과 땅이 열린다

대낮에도
별빛 뜨는
푸른 새 우는 소리

"버클리"
드높은 단상
차오르는 나의 달아

저승꽃

죽음은 받아 온 약속
저승길은 기약 없어

곧은 뼈 한 대 눕히고
영원으로 돌아가리

저승도 꽃이라 하는가
후벼 파도 돋는 이 꽃

목숨의 무늬

목숨의 그 절반은
연緣줄로나 짜인 무늬

소르르 끌어당기면
잔향殘香이 매듭 풀린다

한 생을
감겼다 풀렀다
얼룩지는 목숨 무늬

밀물이 썰물 되든

밀물이
썰물 되든

썰물이
밀물 되든

갈매긴
돛배 하나만
끌고 가면 되는 거라

바다에
노을이 불붙고
저녁 해는 타는 거라

일몰日沒에 서서
-자작나무, 소련의 일몰

광막한 대지에서는
모든 것이 흘러간다

자작나무 하얀 밑동도
으스름도 흘러간다

저녁놀
깔아놓은 하늘엔
낙일 하나 불타고

네바 강의 밤

－레닌그라드에서

하느님이
허락한 시간
허락하신 강물이여

상처 난
내 영혼을
맑게 씻어주옵소서

한바다
등대이고저
더 황홀한 항해航海고저

갈매기

−네바에서

날개에
묻은 것을
훨훨 털고 떠오르면

죽지에 실린 바다
높이 뜨는
흰 구름아

갈매기
뜨거운 울음에
마로니에 흩어진다

노을을 보내며
―베오그라드 성에서

여기는
다뉴브 강
이승의 노을을 보낸다

스러지는
낙일 받으며
나 이제 장강長江에 섰네

눈물도
탄식도 다 그만
너 더불어 살고 싶다

청전青田 사계도四季圖

춘春

물소리 잦아질 듯
복숭아꽃 하마 질 듯

청전 화폭 속에
봄 하루가 졸리웁다

영 너머
구름 한 송이
이미 길을 떠나고

하夏

높은 산 깊은 골을
푸른 새가 다 묻었다

흐르는 물소리는
적막마저 묻어놓고

세월의
외나무다리
건너가는 늙은 초부樵夫

추秋

먼 산과 강이
가을빛을 몰고 온다

종소리 물결처럼
보일 듯도 하는데

비구니
가사 자락에
쑥국새 울고 있다

동冬

산빛은 하늘에 닿고
하늘빛은 산에 닿고

께벗은 겨울나무들
저문 빛에 묻혔어라

한 줄기
저녁연기는
강바람에 묻히고

갈숲에 바람 실리듯

－아칸코阿寒湖에서

갈숲에
바람 실리듯
그리움은 실려 와도

사랑은
안개던가
맹세의 말 없어도 좋으리

세월을
팔베개하면
갈밭 너머 타는 노을

아칸코 阿寒湖의 마리모*

영원을
풀어놓은 남빛
건질 수도 없는 호심

나눌 길
없었던가
한 몸 되어 엉킨 이끼

사랑은 눈물도 둥근 것
마리모여 너 꽃이여

* 공 모양의 초록빛 이끼. 신분 차이로 이루어질 수 없었던 아이누 추장의
  딸과 마을 청년이 아칸 호수에 몸을 던져 마리모로 승화하여 사랑을 이루
  었다는 전설을 가지고 있다.

녹차를 마시며

창밖에 노을이
불꽃으로 일고 있다

마지막
한순간을
태우는 목숨인가

사는 것
한 잔의 녹차
내가 나를 마신다

빈 꽃밭

이른 봄 씨 뿌리고
모란 작약
보렸더니

잡초만
움쭉 자라
그리움도 가물어라

벌 나비
네 오지 마라
앉을 곳이 없구나

5부

구름 해법

구름 해법解法

열리는
한바다인데
풀리지는 않는 바다

빨아도
얼룩만 지는
비릿한 내 육신이여

오늘은
흰 구름 한 자락
하늘 위에 내다 건다

창窓을 닦으며

옷가지를 챙겨두듯이
마른 육신 다독입니다

살아온 날들의 무게를
무엇으로 근량斤量하리

긴 사연
흘리며 지우며
성에 낀
창을 닦습니다

바다는 허허로워

‒ 너는 등대

밤마다
캄캄한 해변을
갯바람에 젖어 간다

고성 같은 등대의 둘레
갈매기로 날아봐도

밤새면
등대는 꺼지고
허허로운 물결일 뿐

소문은 낙엽 되어

혼자 사는 할머니가
기다리다 기다리다 지쳐서

끝내는
묘지에 가서
누워서나 기다린다는

가을비
젖은 소문이

아파트 복도를 구른다

꽃상여

꽃상여
산으로 드니
굽이굽이 쑥국이 운다

저승보다
아득한 이승
하늘은 피노을 쏟고

무덤가
미망未忘의 눈물
염천炎天보다 더 더워라

사랑은 2

한 줌에 쥘 수도 없고
가질 수는 더욱 없고

물같이
손 담갔다가
풀잎
뜯어 띄우는 것

사랑은
그렇게 왔다가
두 손 모아
보내는 것

고독은

뒤란에 고이는
겨울밤
달빛처럼

이만치 거리를 두고
혼자 앉아본다든가

아니면
울음을 기대고
등 비비고 싶은 거라

종생終生의 날에도

내 가슴
과녁을 물고
혼자 우는 화살인가

이 목숨 종생의 날에도
피어오를 화판인가

눈망울
정지된 화면 속
꺼지지 않을 무지개여

몸살

달빛도
잠 못 이룬 채
창살에 와 재재발랐다

현실은 난도질한
야반夜半 깊은
울음소리

단내는
목을 지지고
지글지글
연기 오른다

어혈 瘀血

생각이 울적하며

절로 어깨 처지는 날

하늘로 천 근 무게로

깊은 눈발 못 박는가

긴 겨울 빗장을 질러

내 가슴에 어혈 진다

공空

꿈의 늪에서 기어올라
소스라쳐 잠을 깬다

어스레한 새벽빛
둘러보니 빈자리뿐

식은땀
잡히는 손아귀
펼쳐보니
공이니라

늪

귀뚜리 울음소리도
금이 가는 밤이 있어

이끌고 온 내 그림자며
빈방 가득 초침 소리며

북두성
돌아간 자리
얼어붙은
켜켜의 늪

사랑아

사랑아
네가 만약
홀로 가는 강이라면

갈대꽃
물결 위에
깃털 같은 달빛 받고

졸립듯
이 밤을 흐르는
목선木船이고 싶어라

눈보라 치는 밤에

바람은 바람대로
솔밭에
불게 하고

강물은 강물대로
먼발치에
흐르게 하고

눈이여
이 밤의 축복은
한 만 길로 묻히거라

수련睡蓮을 보며 1

-환歡

생각을 못물로 담아
대발大鉢 위에 심은 수련

수련은 꽃만 아니라
청하늘도 피워낸다

그 속에
닿을 듯 포개진
햇무리도 감겨돈다

수련睡蓮을 보며 2

-적寂

수반에 연못을 담아
피워 올린 유월六月 하늘

기도보다 하얀 꽃이
야윈 꿈길 열고 섰네

너 떠난
꽃술 속에는
노오란 적막이 고이고

별리 別離

당신은
그 어디서나
뒷등만이 보였다

그것이 바다에 와선
갈매기로 날다가는

마침내
수평을 넘은 채
물만 가득 남았다

손

그대 손은 크나큰 광야
내 운명의 지도를 그린다

그 손금 따라가면
강도 되고 숲도 되고

황홀한 하늘도 금 긋는
흔적 없는 별이어라

석춘惜春
－목련 부인木蓮夫人에게

적막도
기름이던가
부드러운 저 바람결

은촛대
곱게 닦아
불을 다는 목련 부인

일각一刻이
천금千金이라는데
이 봄 좋이 밝히소

호접란 胡蝶蘭

문을 겹겹 닫고
긴 커튼 드리우고

천 길 물속으로
가라앉은 이 적막을

내 눈길
오직 하나로
밤을 가꾼 호접란

항아리

밤은 쩡 목이 말라
빙판같이 우는데

적막한 빈 둘레를
혼자 앉은 항아리여

한 자락
고독을 풀어
먼 은하銀河에 띄운다

봄 있는 풍경風景
-조병화 선생의 화폭에 부쳐

하늘빛 야트막이
산을 멀리 묻어두고

엷은 사紗 아지랑이
복사꽃을 배슬인다

종다리
울음소리도
들려올 듯하여라

난蘭을 보내며

세란細蘭 푸른 잎새
가느다란
그 흔들림

봄우뢰 사나울 젠
보슬비로 재워준다

진한 밤
고요한 적막을
풀어놓는 그 향기

소금강 小金剛 1

−구룡九龍폭포 운韻

용은 아홉 마리
물줄기는 오직 하나

내 목숨 내 사랑도
한 띠 흘러 폭포런가

몰라라
저 낭떠러지
저 깊이를 몰라라

소금강 小金剛 2
-그리움

산천이 곱다 해도
그대 있고 난 후인걸

나무들 푸르른데
홀로 타서 붉은 꽃아

그리움
물보라 되어
내려 쏟는 구룡폭 九龍瀑

사랑의 힘으로 흘러가는
아름다운 목선木船 한 척

유성호 문학평론가 · 한양대 국문과 교수

1. 이일향 시조의 정점으로서의 단수 미학

이일향李一香 선생의 단시조집 『사랑이 있는 곳』은, 가장 함축적이고 절제된 정서적 깊이를 담은 정갈하고도 투명한 미학적 화폭이자, 삶의 깊은 저류底流에서 배어 나오는 목소리를 담은 실존적 고백록이라고 말할 수 있을 것이다. 그만큼 이일향 선생의 단정하고도 심미적인 사유와 어조가 긴밀하게 어울린 이번 단시조집은, 선생의 삶과 언어를 고스란히 암시해주는 더없이 산뜻한 비유체로 다가온다. 따라서 우리는 이번 단시조집을 통해 단형 서정 양식으로서의 한 극점을 단시조가 보여준다는 엄연한 사실과 함께, 이일향 시조의 한 정점이 단수 미학에 놓여 있다는 느낌을 실감 있게 발견하게 될 것이다.

두루 알려져 있듯이 우리가 단시조를 통해 기대하는 것은, 삶의 이치를 직관하고 해석하는 순간적 에너지와 깊이 관련된다. 사실 단시조 안에 소소한 삶의 세목들이 일일이 담기는 것은 거의 불가능한 일이다. 하지만 단시조는 그 그릇이 작음에도 불구하고 삶의 이치를 직관적으로 포착하여 해석함으로써 새로운 감각을 생성하는 데 충실한 역설의 토양으로 작용한다. 말할 것도 없이, 단시조가 수행하는 이러한 해석과 전유의 과정은 삶과 사물의 구체적 과정을 생략하면서 응축적으로 이루어지게 마련이다. 우리가 이일향 단시조를 통해 기대하는 것 또한 기본적으로 이러한 직관과 온축의 과정을 거쳐 시인 자신의 오랜 긍정의 세계로 나아가는 과정에 있을 것이다. 아닌 게 아니라 이일향 시편은 이처럼 '짧은 노래'에 심미적이고 함축적인 정서를 담음으로써 가장 정제된 '정형의 미학'을 체현하고 있는 세계이다.

이러한 시조 미학을 가능케 하는 '서정抒情'의 원리는, 시인 자신의 자기 발화에서 시작되고 완성되는 경우가 많다. 물론 시적 대상이 일종의 공적公的 범주에 포괄됨으로써 시인의 시선이 사회적 관심으로 확산되는 경우도 있겠지만, 그때조차도 서정의 원리는 궁극적 자기 회귀성을 양도하지 않는다. 물론 이때 말하는 '자기 회귀성'이 한 개인의 권역에 국한되는 것만은 아닐 것이다. 그 점에서 서정은 가장 개인적인 이야기를 할 때조차 그 안에 일정하게 사회성을 내장하게 되고, 그 촉수는 뭇 타자들을 향해 한껏 원심력을 보이다가도 다시 시인 자신으로 귀환하는 속성을 동시에 가지고 있다 할 것이다. 이일향 선생의 단시조는 이러한 서정의 편재적遍在的 원리를 두루 갖추고 있는 세계이다. 다시 말하면 선생 시편의 일차적 외관은 대상을 향한 한없는 그리움으로 나타나고 있지만, 그것은 시인 자신의 현재적 삶으로 부단하게 회귀함으로써 궁극적으로 섬세한 '자기 성찰' 기능을 수행하고 있는 것이다. 그회귀와 성찰의 시학을 가능하게 하는 원천적 힘은 대상을 향한 가없는 '사랑'과 그 대상의 부재에서 오는 '그리움' 사이에서 피어나는 어떤 에너지라 할 것이다. 이제 그 아름답고 웅숭깊은 세계로 한 걸음씩 들어가 보도록 하자.

2. 이일향 시학의 본령으로서의 '사랑'

먼저 우리는 이일향 선생의 시적 본령을 가장 깊은 차원에서 드러내는 힘이 단연 '사랑의 시학'에 있음을 말할 수 있다. 이때 '사랑'이란 근원적 존재를 갈구하는 형이상학적 힘을 포괄하면서, 세속적 인간관계에서 요청되는 상호 간의 정신적·영성적 소통에 대한 열망을 희구한다. 이는 고립된 개체로 살 수 없는 인간의 실존적 성격을 강조하는 것이기도 하지만, 근원적 관계 회복을 통해 자신을 실현하려는 시적 욕망을 대행하는 것이기도 하다. 물론 우리는 '사랑'이라는 것이 영원히 실현될 수 없는 인간 욕망의 한 형식이고, 근본적으로 충족 불가능한 정서적 실체임을 잘 알고 있다. 이러한 사랑의 속성은 그것이 비록 개인적 문제일지라도 일정하게 인간 보편의 상황을 반영하는 것임을 증명해주는데, 이일향 시학은 이처럼 가장 개인적인 체험을 반영하면서도 그것을 인간 보편의 상황으로 확장할 수 있는 '사랑의 시학'을 적극적으로 체현하고 있다 할 것이다.

　　살아 꼭 하나 갖고 싶은 것

사랑밖에 무엇 있나

그 하얀 가슴을 우벼
얼마나 쓸쓸했던가를

조용히
이야기하며
너랑 밤을 새우리라
─「사랑이 있는 곳」전문

이 아름다운 표제 시편에서 이일향 선생은 '사랑'에 대
한 불가항력적인 고백을 수행한다. 시인에게 사랑은 "살
아 꼭 하나 갖고 싶은 것"이다. 이 단호한 유일성의 고백은
그 자체로 시인의 곧은 삶을 반영하는 것이기도 하지만,
"그 하얀 가슴을 우벼 / 얼마나 쓸쓸했던가를" 증언하는
더없는 정서적 힘이기도 할 것이다. 그래서 시인은 그 쓸
쓸함을 넘어서 '너'와 함께 밤을 새우리라는 상상적인 다
짐을 할 수 있었을 것이다. 이때 '너'라는 2인칭은 선생 시
편에 나오는 가족일 수도 있고, 선생의 크나큰 품을 보여
주는 뭇 타자일 수도 있다. 어쨌든 시인은 그 '사랑이 있는

곳'이 바로 우리가 사는 지상地上이라고 노래하면서, 그
사랑이 만들어낸 아름다운 시간을 통해 쓸쓸함을 넘어 가
장 고요한 이야기로 귀일할 수 있었을 것이다.

밀물처럼 오다가는
썰물처럼 또 나가는

가래도 가지지 않고
오라 해도 와지지 않는

사랑은
해조음 같은 것
먼 바다로 울리는 것
　　　　　－「사랑은 1」 전문

한 줌에 쥘 수도 없고
가질 수는 더욱 없고

물같이
손 담갔다가

풀잎
뜯어 띄우는 것

사랑은
그렇게 왔다가
두 손 모아
보내는 것
　　　－「사랑은 2」 전문

　　이 동일한 제목의 두 시편은, 이일향 시학의 근저에 사
랑의 숨결이 가 닿고 있음을 뚜렷하게 실증한다. 시인이
노래하는 '사랑'은 '밀물/썰물', '오다/나가다'의 속성을 모
두 품고 있다. 또한 사랑이란 가라 해도 가지 않고 오라 해
도 오지 않는 불가사의한 "해조음 같은 것"이어서, 시인의
곁에 머무르지 않고 먼 바다로 울려 나갈 뿐이다. 이때 '먼
바다'는 낭만주의에 등장하는 동경憧憬의 에너지를 공간
화한 것이고, 아련하게 들려오는 '해조음'은 사랑의 불가
시성을 말해주는 것이다. 모두 영원히 미완으로 남게 될
사랑의 속성을 강조하는 이미지이다. 다음 시편에서는 사
랑이 "한 줌에 쥘 수도 없고 / 가질 수는 더욱 없"는 것으

로 나타나는데, 시인은 "물같이 / 손 담갔다가 / 풀잎 / 뜨어 띄우는" 순간 그것을 잡을 수 없어 "두 손 모아 / 보내는" 수밖에 없는 것이 '사랑'이라고 노래한다. 이처럼 불가능하고 불가피한 사랑의 속성은 "밀물지는 그리움에 / 굽이마다 목을 놓으며"(「산뻐꾸기」) 노래하는 시인의 모습을 아련하게 보여준다. 이렇게 이일향 시편에서 '사랑'은, 가까이 와 있지만 궁극적으로 하나가 될 수 없는 운명을 남김없이 보여준다 할 것이다.

사랑으로 피륙을 짜면
내 영혼은 공단이 될까

고독은 가물가물
구천에 사무칠까

그 사랑
지상에 내려와
가을이라 물이 들까
　　　　　　　－「그 사랑 지상에 내리면」 전문

사랑아
네가 만약
홀로 가는 강이라면

갈대꽃
물결 위에
깃털 같은 달빛 받고

졸립듯
이 밤을 흐르는
목선木船이고 싶어라
－「사랑아」전문

　사랑이 지상에 내려오면 시인은 그 사랑으로 피륙을 짜는 영혼이 되고자 한다. 이러한 꿈은 '고독'을 하늘에 사무치게 하는 힘을 생성하는데, 시인은 이러한 과정을 통해 비로소 자신이 사랑을 만들어내는 '공단'이 되겠노라고 상상해본다. 그런가 하면 시인은 '사랑'을 "홀로 가는 강"으로 은유하면서 정작 자신은 그 강을 흘러가는 "목선木船"이 되고자 하는 비유를 쓰고 있다. 갈대꽃이 비치는 물결 위에 깃털 같은 달빛을 받으며 유유히 흘러가는 한 척의 '목선'은, 끝없이 생성될 수밖에 없는 사랑의 마음을 선명하게 보여주는 객관적 상관물이 아닐 수 없다. 이처럼 이일향 시인의 '사랑'은 비록 상실감과 외로움에서 발원하고는 있지만, 그 자체로 선생의 삶을 가능하게 하는 역설적 원천이 되어준다. 이때 우리는 "외로움과 그리움의 비애의 정서는 물론 상실의 비극성에서 연유한 것이다. 그러나 시인은 비극의 실체적 극복보다는 정서적 극복 양상을 취하고 있다는 점에 그 가치가 놓인다"(김제현)라는 평가를 얼마든지 수긍할 수 있게 된다.

우리가 잘 알듯이, '사랑'에 관한 한 그 대상인 타자 역시 욕망의 주체라는 점이 매우 중요하다. 따라서 우리가 말하는 '사랑'이란 자기 회귀적인 것이 아니라 상호 소통적 성격을 띠는 것일 터이다. 물론 일방향의 사랑이 있을 수 있고 또 그것들은 그 자체로 의미 있는 경험이겠지만, 궁극적으로 사랑이란 쌍방향적인 것이다. 그러나 온전한 의미에서의 상호 소통적 사랑은 우리가 말하는 '사랑시'의 모티프가 되지는 못한다. 왜냐하면 '사랑시'란 부재하는 대상을 향한 말 건넴 형식으로 이루어지는 것이 대부분이기 때문이다. 그 점에서 이일향 사랑 시편은 대상의 결여와 부재 형식 안에서 발생하는 특성을 지닌다. 그 결여와 부재 형식을 통해 선생은 '사랑'이 얼마나 절절하고도 치명적인 인생론적 테마가 될 수 있는지, 그리고 얼마나 인간 존재의 중요한 근거를 이루게 되는지를 지속적으로 노래해간다. 그 점에서 우리는 이일향 선생을, 사랑을 완성하려는 집념의 힘보다는 미완의 사랑이 가지는 힘으로 강을 건너가는 아름다운 한 척의 '목선'으로 비유할 수 있을 것이다.

3. '충만한 현재형' 속에 담아낸 삶과 죽음의 형이상학

모든 시인의 의식이나 무의식 안에 깊이 숨겨진 '원체험 原體驗'은 시인의 생각과 표현에 지속적으로 영향을 끼친다. 시인들은 자신의 원체험을 끊임없이 변형하면서 거기에 파생적인 경험을 부가하여 자신만의 동일성을 하나하나 구성해간다. 이때 원체험을 변형하는 과정에 시인의 고유하고도 개성적인 기억이 활달한 매개 역할을 하는 것은 퍽 자연스러운 일이다. 그리고 이러한 원체험과 후속 경험 사이를 매개하는 기억이 '서정'의 원리를 선연하게 구성해간다는 것 역시 꽤 잘 알려진 사실이다. 서정의 원리는 순간성의 형식을 통해 원체험과 파생 경험 사이의 거리를 좁혀가게 마련이다.

이야기문학의 바탕인 '서사敍事'가 존재의 연속성과 사건의 전개에 관심을 기울이는 데 비해, 시문학의 바탕인 '서정'은 존재의 순간성과 그로 인한 정서적 반응에 미학적 근거를 둔다. 그만큼 우리가 '서정'을 통해 겪는 경험은, 그것이 사물이건 인간이건 이미지건 그것들이 부여해온 매혹적 순간Augenblick의 심미적 작용에서 비롯하는 것이다. 이때 존재는 세계로부터 소외되지 않고 순간성의 경험을 통해 세계에 참여하게 된다. 이일향 선생은 이러한 세계 참여 방식 가운데 특별히 '삶'과 '죽음'의 문제에 깊이 착목하면서, 그것이 가장 근원적인 인간 존재 방식임을 점진적으로 인지하고 표현해간다. 어쩌면 선생의 시적 깊이는 이러한 삶과 죽음의 형이상학에서 발원하는지도 모른다.

빈손은 아니었네

가지런히 묻힌 봉분

할 말은 반만 떠서

초승달로 누워 있고

못 할 말 꽃으로 왔는가

흩어져 핀 들국화여
    ―「무덤이 있는 풍경」 전문

  '무덤'이란 모든 존재자들의 소실점이요, 개체적 소멸이 완성되는 공간적 은유이다. 시인은 그 무덤을 두고, 결국 우리 인생이 "빈손"이 아니었음을 증언하고자 한다. 그러니 "가지런히 묻힌 봉분"은 '초승달'과 '들국화'로써 자신의 '할 말'과 '못 할 말'을 하는 것이 아닌가. 어쩌면 시인의 목울대를 울리면서 나오게 될 '할 말'과, 끝내 발화하는 순간을 얻을 수 없을 '못 할 말'은 진정성과 절실함을 담고 있는 이형동체異形同體의 궁극적 언어가 아닐 것인가? 이일향 시인은 바로 그 무덤이 있는 풍경을 통해 '죽음 너머'의 말을 이렇게 전하고 있다. 그래서 시인에게 '죽음'이란

"불꽃 다 지고 / 촛대로만 남은 뼈대"(「등대를 보며」)의 형상을 지닌 채 견고하고 선 굵은 음역을 생성해내는 원리가 되어준다. 그렇게 "피안과 차안을 넘나드는 흔들림의 미학, 혹은 이승과 저승의 경계선을 아슬아슬 걸어가는 삶의 자세"(황치복)가 이일향 시학에 핵심으로 놓이게 되는 것이다.

　　죽음은 받아 온 약속
　　저승길은 기약 없어

　　곧은 뼈 한 대 눕히고
　　영원으로 돌아가리

　　저승도 꽃이라 하는가
　　후벼 파도 돋는 이 꽃
　　　　　　　　－「저승꽃」 전문

　　창밖에 노을이
　　불꽃으로 일고 있다

마지막
한순간을
태우는 목숨인가

사는 것
한 잔의 녹차
내가 나를 마신다
―「녹차를 마시며」 전문

　앞 시편에서는 죽음을 확신 있는 '약속'으로 표현하면서
도 기약 없는 저승길에 대한 안타까움을 노래한다. 하지만
시인은 "곧은 뼈 한 대 눕히고 / 영원으로 돌아가"는 죽음
해석을 통해 그 안타까움에 대한 의미 있는 반전을 보여
준다. '저승꽃'이란 '검버섯'의 다른 이름이기도 한데, 그것
은 불가피한 노화老化 과정을 보여주면서도 삶의 불가항
력적 생명에 대한 은유적 분신으로 나타나고 있기도 하다.
그런가 하면 시인은 소멸 직전의 이미지를 "창밖에 노을
이 / 불꽃으로 일고 있"는 것으로 표현한다. 그리고 "마지
막 / 한순간을 / 태우는 목숨"에 대한 지극한 헌사를 보내
고 있다. 그 결과 "사는 것"은 "한 잔의 녹차"를 마시는 일

에 비유되고, 결국 시인은 자신이 자신의 주어이자 목적어가 되는 '삶=죽음'의 경지에 도달하게 된다. 이처럼 이일향 선생은 "한 생을 / 감겼다 풀렸다 / 얼룩지는 목숨 무늬"(「목숨의 무늬」)를 아름답게 소묘하고 단정하게 아로새겨 간다.

결국 이일향 선생은 삶과 죽음의 인과적 흐름이나 경과를 중시하지 않고, 그 근원적 이치를 순간적으로 파악하고 표현하는 데 공을 들인다. 물론 이때의 '순간'이 일회적 시간으로서의 성격을 강조하는 것은 아니다. 오히려 이는 이른바 '충만한 현재형'으로서의 순간이라고 말해야 옳을 것이다. 말하자면 이일향 시편이 구현하는 '순간'이란, 과거 —현재—미래를 하나로 통합한 '충만한 현재형'으로서의 집중된 시간 형식을 말하는 것이다. 그래서 선생이 노래하는 '시적 순간'은 존재의 경험이 반복되고 축적된 집중적 형식으로서의 '순간'으로 몸을 바꾸게 된다. 이처럼 이일향 선생은 순간의 형식을 통해 '충만한 현재형'으로서의 시를 쓰고 있으며, 또한 이러한 순간과 원체험을 매개하는 기억을 통해 현재형 속에 있는 과거를 상상적으로 재현하고 그때의 순간을 선명하게 구성해낸다. 그래서 선생에게 '삶'과 '죽음'이란, 동일성의 감각에 의해 발원되고 구축되는 가장 서정적인 원리가 된다. 이른바 '충만한 현재형' 속에 담아낸 삶과 죽음의 형이상학이 그 결실임은 앞에서 우리가 본 그대로이다.

4. 사랑하는 가족에 대한 '기억의 현상학'

우리가 보았듯이, 이일향 선생은 기억의 원리로써 지난 날을 확연하게 복원하기도 하고, 그 기억에 대한 형언할 수 없는 회귀적 열망을 보여주기도 한다. 이러한 회귀 과정을 통해 선생은 흔치 않은 진정성으로 자기 자신에 대한 시적 탐구를 수행해간다. 그 진정성의 기억 한복판에는 선생의 사랑하는 가족이 놓여 있다. 아름답고 애잔한 기억의 원류源流가 아닐 수 없다. 이렇게 이일향 시편은 가족을 향한 애틋한 기억으로 자신의 기원起源을 상상적으로 구축해간다. 이때 '기원origin'이란, 자신의 존재를 분명하게 보여주는 생성적 창窓임과 동시에 잔잔하지만 선생 나름의 격정이 귀착하는 지점이기도 하다. 그 기원을 향한 기억을 통해 선생은 '지금 여기'의 자신을 구성하고 부조浮彫하는 일에 매진하게 된다.

눈 한번 감은 후로

삼십 년 세월이 흘렀는데

그 길이

하도 멀어

소식 한 장 바이없네

구름길

흩어졌는가

바람 되어 잦았는가

―「제일祭日―당신 30주년에」 전문

계단을 내려오는

당신의 발자국 소리

새벽잠 흔들리는

또 너희들 발자국 소리

이젠 다

멀어져 가는

내 머리맡 발자국 소리

　－「환청幻聽」 전문

　위의 두 작품은 선생의 개인사가 진하게 묻어 있는 '고백 시편'이자, 만남과 이별의 원리를 궁극적으로 안아 들이는 성숙한 품의 시간을 보여주는 '회상 시편'이기도 하다. 앞의 시편은 돌아가신 부군夫君의 30주기를 맞아 쓴 것인데, 여기서 시인은 그 시간을 "눈 한번 감은 후로" 가버린 빠른 세월이었다고 술회한다. 하지만 그 "소식 한 장" 없는 길은 멀고도 멀어서, 흩어진 '구름길'과 잦아버린 '바람'만 가득할 뿐이었다. 제일祭日을 맞는 사랑과 이별의 기억이 시인의 마음속에 강렬하게 배어 나오는 작품이 아닐 수 없다. 그런가 하면 뒤의 시편은 여러 가지 환청을 통해 그 이별이 아직 채 다하지 않았음을 고백하고 있다. 환청은 모두 '발자국 소리'로 다가오는데, 그중에서 가장 먼저 '당신'이 계단을 내려오는 소리로 현상한다. 이어서 새벽에 찾아오는 "너희들 발자국 소리"나 멀어져 가는 "내 머리맡 발자국 소리"는, 이일향 선생의 존재 증명이 '당신―너희들―나'라는 가족사적 그물망으로 엮여 있음을 실감하게 해준다. 비록 "사랑도 / 이별도 한 시절 / 타고 나면 / 한 줌의 꿈"(「노을에」)이라지만, 이일향 선생은 그 사랑과 이별의 순간을 이토록 아름다운 목소리로, 그리고 아련한 환청으로 노래하고 있다. 이어지는 작품들도 '아내'로서의 자신에 대해 노래한 절절한 '고백 시편'이다.

촛농이 타 흐릅니다
내 눈물이 흐릅니다

새하얀 모시 적삼
풀이 서고 싶었는데

아내란
참 고운 그 이름
아 허공의 메아리여
―「아내―1979. 10. 09.」전문

아내란 그 이름이
빛바래진 모시 적삼

남치마 받쳐 입고
나는 꽃을 꽂는다

유현한
정적을 불러
탁, 탁, 무상을 자른다
―「적寂」전문

　두 작품 모두 '아내'를 화자話者로 설정하고 있다. '아내'
를 은유하는 사물들은 '촛농＝눈물'이나 '모시 적삼/남치
마' 같은 아프고도 순수한 이미지들이다. 더불어 그 이미
지군群은 때로는 '메아리'로 때로는 '꽃'으로 확산되면서,
'화자＝아내'의 외따롭고도 아름다운 모습을 드러내는 데
충실하게 기여하고 있다. 그렇게 오랜 세월 "아내란 / 참
고운 그 이름"을 지켜온 선생의 모습에는 일순 "유현한 /
정적"이 떠돈다. 무상을 잘라 가는 정적이나마 시인의 오
래고도 견고한 삶의 모습을 보여주는 것 같아, 우리는 그
모습에서 퍽 애잔하고 융융한 아우라를 품어내는 목소리
를 느끼게 된다. 그리고 우리는 "옷자락 / 지척에 있어도 //
그리움은 멀어라"(「봄밤 3」)라는 선생의 노래를 새삼 의미

있게 들을 수 있게 된다. 그런가 하면 다음 시편은 '아내'가 아닌 '어머니'로서의 육성을 담고 있다.

하루해
보채는 골물도
시냇물도 다 데불고

세월에
세월을 보태며
흘러가는 장강수

강물은
푸른 들 한 자락
펼쳐 들며 가느니라
―「장강수長江水 ―장남 진우에게」 전문

자신을 두고 강을 흘러가는 '목선'에 비유한 것처럼, 선생은 아들에게 '장강수'라는 유장한 비유를 들려준다. 대저 장강長江의 뒤 물결은 앞 물결을 밀고 간다는 옛 표현이 있거니와, 이일향 시인은 '골물/시냇물'을 모두 안은 채

"세월에 / 세월을 보태며 / 흘러가는 장강수"야말로 "푸른 들 한 자락 / 펼쳐 들며 가"는 무애無涯와 무애無碍의 존재 자임을 노래한다. 그 이미지로 아들의 앞날을 축원하면서 스스로 기도하는 어머니의 모습이 살갑게 만져진다. 이처럼 가족을 다룬 이일향 시편에서 우리는 "인생을 긍정적으로 적극적으로 순결히 정직하게 밝게 맑게 명쾌하게 투철히 살아가는 그 인생철학"(조병화)을 만나게 된다.

원래 '서정'이란, 시인 자신의 감정을 직접적으로 토로하기보다는 사물과의 은유적 접점 속에서 상황이 간접화할 때 훨씬 더 풍요로운 여운을 남기게 마련이다. 이때 시인은 자신이 여러 경로로 경험한 정서적 결들을 직접 드러내기보다는 그 정서의 연원을 끊임없이 기억하면서 그것을 향한 긴장과 견딤을 택하게 된다. 이일향 시편이 애잔한 가족사를 배경으로 하면서도, 그리고 경험적 직접성을 목소리의 태반으로 삼고 있으면서도 어떤 보편적 경험이나 사유를 환기하는 데 더욱 깊은 관심을 가지는 까닭도 이러한 서정의 원리를 충족하려는 시인의 배려 때문일 것이다. 그래서 이번 시집에는 이러한 가파른 기억 속에 깃들인 가족사가 농울치면서도 그것의 진정성이나 절실함을 극대화하여 우리로 하여금 삶의 궁극적 이치에 도달하게끔 해주려는 시인의 배려가 한층 돋보인다 할 것이다. 기억이 서정의 핵심 요소라는 슈타이거E. Staiger의 언급을 긍정하지 않을 수 없는 까닭도 바로 여기에 있다. 그 한복판에 사랑하는 가족에 대한 '기억의 현상학'이 놓여 있는 것이다.

5. '시詩'를 통한 시의 존재론 탐구

대체로 잘 쓰인 서정시는 인간의 후천적 노력으로는 궁극적 실재ultimate reality에 다가갈 수 없다는 일련의 비극성을 보여주는 동시에, 그럼에도 불구하고 부단히 그 안에서 숨 쉬는 어떤 궁극적인 의미를 찾지 않고는 견딜 수 없는 인간의 실존적 비애를 느끼게 해준다. 이일향 시편은 이러한 인간의 존재론적 한계를 절감하면서도 그 한계를 넘어서려는 열망에서 발원하는 세계이다. 말하자면 이일향 선생은 후경後景처럼 둘러선 삶의 신성한 흔적들을 재현함으로써 삶의 본원적 한계들을 상상적으로 견디고 치유하려고 한다. 여기서 선생이 재현하는 흔적이란, 어떤 이데올로기나 대서사grand narrative 같은 크고 단단한macro hard

것이 아니라, 우리 주위에서 쉽게 발견할 수 있는 작고 부드러운micro soft 것이다. 그 작고 부드러운 시선으로 신성한 흔적에 가 닿는 이일향 선생만의 고유한 방법론은 다름 아닌 '시'의 형상으로 나타난다.

내가 떨군 선혈 한 방울
번져나는 이 화선지

어두운 정적 속에도
외로운 꽃은 피고

소생한
별빛이 불타는
아 나의 시
나의 설움
―「지상地上의 시」전문

꿈길도 천리만리
달아나고 다 없는 밤

별빛도 또랑또랑

장지 구멍 다 뚫는다

달래고

타일러 봐도

돌아눕는 저 별빛

　　　　－「겨울밤에 쓰는 詩」 전문

　이일향 선생이 쓰는 '시'는 말하자면 '지상의 시'다. 그것
은 이 땅의 구체성으로 씌는 '지상地上'의 시이자, 궁극적
관심에 의해 씌는 '지상至上'의 시이다. 그 '지상의 시'는
"선혈 한 방울 / 번져나는" 화선지와 고스란히 등가가 된
다. 어쩌면 어두운 정적 속에 피어나는 "외로운 꽃"이자
"소생한 / 별빛이 불타는" 현장이기도 할 것이다. 그렇게
설움을 담고 있는 "나의 시"는, '번짐'과 '피어남'과 '불타
오름'의 과정이 연쇄적으로 일어나는 감각의 향연이기도
하고, '선혈'과 '꽃'과 '별빛'처럼 선연하고 아름답고 빛나
는 사유의 극점이기도 하다. 그런가 하면 겨울에 쓰는 이
일향 선생의 '시'는 꿈길도 멀리 달아난 밤에 비로소 찾아
오는 또랑또랑한 '별빛'으로 비유되기도 한다. 시인은 장

지 구멍을 뚫고 들어온 별빛을 달래고 타일러 보지만, 별빛은 이내 얼굴을 보여주지 않고 돌아설 뿐이다. '시'는 그렇게 빛나는 순수한 얼굴을 보여주지 않는다.

이러한 장면은 인간이 '시'를 통해 궁극적 실재에 가 닿을 수 없다는 비극성을 보여주면서, 그와 동시에 그 실재에 근접하려는 충동을 멈출 수 없는 인간의 실존적 비애를 '시'라는 행위로 보여주고 있다. 그래서 우리는 '시'가 언어적 시뮬레이션이 아니라, 현실의 폐허를 견디게끔 위안하면서 쓸쓸하고도 아름다운 삶의 형식을 보여주는 언어예술임을 차차 알아가게 된다. 이처럼 이일향 선생의 '시'에 대한 자의식은 궁극적 실재 탐구와 심미적 축약을 욕망하는 과정에서 생성되고 진화되어간다. 비록 "폐허를 걷는 길손"(「막장」)일지라도, 시인의 시선에는 그렇게 상상적인 심미적 풍경이 '시'라는 프리즘으로 들어와 있는 것이다.

오는 곳을 모르는데
가는 곳을 어찌 알랴

썼다가는 지우고

174

지웠다가 다시 써도

빈 들녘
바람 소리 되어
떠도는 영혼 한 줄
 —「시詩」전문

세란細蘭 푸른 잎새
가느다란
그 흔들림

봄우뢰 사나울 젠
보슬비로 재워준다

진한 밤
고요한 적막을
풀어놓는 그 향기
 —「난蘭을 보내며」전문

아예 '시'라는 제목을 달고 있는 앞 작품은, 시가 찾아오는 비밀에 대해 노래한 일종의 '메타 시편'이다. 시인은 '시'가 오는 곳과 가는 곳을 모른다고 말한다. 마치 성서^聖書에서 바람이 어디서 와 어디로 가는지 모른다고 한 것처럼, 시인은 그렇게 "썼다가는 지우고 / 지웠다가 다시 써도" 바람 소리 되어 빈 들녘을 떠도는 "영혼 한 줄"의 원천과 귀착지를 모두 알 수 없다고 노래한다. 그것은 아마도 '시'가, 운명처럼 순간처럼 시인에게 왔다가 그 운명과 순간의 힘으로 번져가고 피어나고 불타오르는 "영혼 한 줄"이기 때문일 것이다. 그런가 하면 뒤의 시편은 비유적으로 시의 존재론을 예감케 해준다. 시인은 "세란 푸른 잎새"의 가느다란 흔들림 속에서 '시'를 바라본다. 더러는 '봄우뢰'가 사나울 때 그것을 재워주는 '보슬비'에서도 신성한 힘을 느낀다. 그렇게 "진한 밤 / 고요한 적막을 / 풀어놓는 그 향기"는 마치 '시'의 그것처럼 우리로 하여금 세상을 감싸 안으면서 "끌고 가는 세월 굽이"(「바람은 구름 싣고」) 속에서 "따스한 / 숨결"(「나무가 있는 풍경」)을 환기하게끔 해준다. 시의 오롯한 배타적 직능이요, 이일향 선생이 구축해가는 실존적 장인^{匠人}으로서의 의식 과정이 아닐 수 없다. 그래서 우리는 "이일향 시인에게 사랑을 대신하고 사랑으로 인한 아픔을 넘어서게 한 것은 다름 아닌 시 또는 노래"

176

(장경렬)임을 알게 되는 것이다.

우리가 알고 있듯이, 서정시는 시인 스스로 자신의 삶을 탐구하고 성찰하는 자기 확인의 속성을 강하게 띤다. 산문이 상대적으로 세계 인식의 성격을 강하게 띠고 있는 데 비해, 서정시가 가지는 이러한 자기 인식의 성격은 각별하고도 고유한 것이다. 이렇듯 서정시의 근원적 창작 동기는 자기 인식과 확인의 욕망에 있으며, 그만큼 시인들은 자신의 '시'를 통해 삶을 탐색하고 성찰하는 정서적·심미적 과정을 겪게 된다. 이일향 시편이 가지는 '시'를 통한 시의 존재론 탐구의 에너지는 이러한 인식과 성찰의 과제를 충실하게 수행하면서, 우리로 하여금 새로운 시의 차원을 상상하고 실천하려는 의지를 새삼 다짐하게끔 해준다.

6. 자연 형상의 편재적 수용

그동안 우리가 살핀 이일향 시학의 주제들, 예컨대 '사랑/삶/죽음/가족/시'의 권역은 일관되게 어떤 형상화 방법을 공유하고 있다. 가령 그것은 자연 형상의 흐름과 만나면서 그 구체적 결실을 얻어간다. 그만큼 이일향 시학은 자연 형상의 편재적 수용 양상을 보여준다. 사실 우리는 고대 가요로부터 중세 시가詩歌를 지나 근대시에 이르기까지 자연 형상이 얼마나 주류적이었는가를 잘 알고 있다. 그만큼 자연은 원형적 보편성, 경험적 직접성 등을 속성으로 거느리며 모든 시대의 창작 경험 속에 근원적이고도 광범위하게 녹아 있는 소재였다고 할 수 있다. 이일향 선생은 우리 주위에서 만나볼 수 있는 아름답고 외롭고 높은 쓸쓸한 자연 사물을 즐겨 취택하여 시를 써간다. 그 형상 속에서 선생은 '사랑'과 '삶'과 '죽음'과 '기억'을 노래하면서, 자신만의 감각과 형이상학을 동시에 구축해간다. 이처럼 이일향 시학에서 자연 형상의 흐름은 매우 깊고도 넓은 것이다. 다음 사례를 통해 자연 사물 자체가 가지는 심미적 속성의 재현 과정을 한번 살펴보도록 하자.

허리 굽은 늙은 노송
산길은 솔솔바람

되살아난 기억처럼
구름 한 점 떠 서 있고

황혼을 예감하는가
엉겅퀴 꽃씨가 날린다
　　　　─「산길 1」 전문

성당 앞 빈터를 지키던
한 그루 떡갈나무

안으로 피를 덥혀
온 겨울을 지키더니

가슴에
고이는 봄바람
초록 눈을 몰래 뜨네
　　　　─「떡갈나무의 봄」 전문

　산길을 걷다가 무연히 마주친 '노송老松'과 '구름'과 '엉
겅퀴꽃'은 그 자체로 신성한 자연 사물이자 시인으로 하여
금 삶의 이치를 환기하게끔 하는 매개자로 나타난다. 그
이치란 다름아닌 "허리 굽은 늙은" 소나무와 "되살아난
기억처럼" 떠 있는 구름 한 점, 그리고 "황혼을 예감"케 하

는 엉겅퀴 꽃씨의 연쇄적 출현에서 온다. 이 모든 흐름은 세월을 암시하는 묘사와 감각과 인지 형식을 보여주는 표현들이다. 이처럼 시인이 걷는 '산길'은 자연 사물을 만나게 되는 '山길'이자, 삶을 관조하게 하는 '산(살아온) 길'이기도 할 것이다. 뒤의 시편은 "성당 앞 빈터를 지키던 / 한 그루 떡갈나무"라는 구체적 자연 사물을 통해 시인의 정서적 반응을 도모하고 있다. 그 '떡갈나무'는 "안으로 피를 덥혀 / 온 겨울을 지키"다가 "가슴에 / 고이는 봄바람"의 힘으로 초록 눈을 뜨는 소생 과정을 겪고 있다. 마침 나무가 있는 곳이 "성당 앞 빈터"였기 때문에 시인은 '죽음-부활'의 이미지를 '겨울의 소멸-봄바람의 소생'으로 전치轉置할 수 있었을 것이다. 그렇게 이일향 시편에서 자연 사물은 "눈부신 / 하늘빛을 / 머리 위에 이고 가"(「피리 구멍」)는 신성한 기운과도 같은 지분을 차지한다.

원래 자연이란 정태적 완결체가 아니라 끊임없이 변화를 겪는 과정적 실체이다. 그만큼 자연은 절대화될 수도, 수단화될 수도 없는 속성을 지닌다. 그래서 자연은 인간에게는 유일무이한 환경Umgebung이 되기도 하지만, 스스로는 생명을 생성하고 유지하고 소진해가는 가변적 세계라고 할 수 있다. 그 점에서 우리는 자연 사물의 구체성과 신성성을 동시에 표현해가는 이일향 시편을 통해, 이러한 자연의 복합적 성격을 다양하게 경험하게 된다. 최대한 계몽적 개입을 억제하면서 그 안에 자신의 경험을 투사하며 자연을 변용해가는 이일향 시인의 작업은 그 점에서 기억에 값한다고 할 수 있을 것이다.

> 타다 남은 그리움이
> 뼈대로 서 있구나
>
> 꽃 지고 잎이 지고
> 계절도 훌훌 벗고
>
> 삭풍이
> 오히려 따뜻해라
> 기대서서 우는 나무
> ―「벗은 나무 4」 전문
>
> 가진 것 다 내려놓고
> 무슨 짐을 또 지겠나

저 산 저 강물이
걸쳐 입는 한 벌 옷

걸어온
길이 없으니
돌아갈 길 없어라
　－「벗은 나무 5」 전문

　'벗은 나무' 연작은 이일향 시인의 이러한 자연 인식을
잘 보여주는 가편佳篇들이다. 앞의 시편은 "타다 남은 그
리움이 / 뼈대로 서 있"는 '나목裸木'의 사실적 묘사를 통
해, 개화와 낙화의 과정을 모두 거친 후 "계절도 훌훌 벗
고" 오롯이 서 있는 거목巨木을 연상하게 해준다. 그러니
그 거목으로서는 "삭풍이 / 오히려 따뜻해라" 하고 울 수
도 있었을 것이다. 이때의 '울음'은 헐벗음에 대한 상실감
의 반응이 아니라, 모든 세월의 삭풍을 존재론적 순명順命
으로 받아들이는 넉넉한 존재 승인의 슬픔이라고 해야 할
것이다. 그런가 하면 뒤의 시편은 "가진 것 다 내려놓고"
짐을 다 벗은 나무가 "저 산 저 강물이 / 걸쳐 입는 한 벌
옷"을 바라보면서 스스로는 "걸어온 / 길이 없으니 / 돌아

갈 길 없어라"라고 노래하는 실존적 승인의 결실로 다가온다. 마치 "돌이어라 돌이어라 / 사랑도 기다림도"(「망부석」)라는 표현에서처럼, 시인이 전해주는 사랑과 기다림의 '나목' 형상이 눈부시게 반짝이고 있다.

오래전부터 자연 사물은 우리에게 숭배와 공포의 대상이었다. 당연히 사람들은 그 원리에 순복함으로써 진노를 피하는 것이 올바른 삶의 방법이라고 생각했다. 그런가 하면 자연은 우리가 함께 살아가야 할 생명체들의 삶의 터전이기도 했다. 우리는 그 많은 생명체들과 사이좋게 공존하면서 서로 감싸고 살아가야 한다고 생각하여, 나무 한 그루를 자를 때에도 동티가 날까 염려하고 땅속 작은 생명들을 배려하여 뜨거운 물도 함부로 버리지 않으며 살아왔다. 하지만 합리적 이성이 고양되고 과학기술이 발달하면서 인간은 자연을 지배하고 조종할 수 있다고 생각하게 되었다. 그리고 자신의 하릴없는 욕망을 위해 자연을 하나하나 허물어나갔다. 이일향 선생은 이러한 상황에 겸허하게 답변을 준비하려는 움직임을 자신의 '시'를 통해 보여준다. 그것이 참으로 귀하고 소중하다.

7. 시간 형식에 대한 궁극적 관심

다음으로 우리가 주목해야 할 이일향 시학의 권역은 일종의 시간 형식에 대한 궁극적 관심에 놓여 있다. 서정시가 시간에 대한 경험적 재구성이라는 양식 특성을 띤다는 점에서, 이일향 시편은 서정시의 가장 고전적인 기율과 방법을 보여준다고 할 수 있을 것이다. 그만큼 이일향 선생은 서정시가 구현해가는 시간 형식에 자신의 경험을 투사하면서 부재와 결핍을 넘어 존재론적 초월을 상상하는 언어의 사제司祭이다. 따라서 선생은 자기 발화를 통해 결국 자기 자신으로 회귀하는 성찰적 자의식을 첨예하게 드러내면서, 구체적 경험에 대한 선명한 기억과 그 경험을 통한 자기 회귀의 의지로써 서정시의 시간 형식을 완성해간다. 이러한 의지야말로 실존적이고 과정적인 존재자들이 겪을 수밖에 없는 물리적 시간을 뛰어넘을 수 있는 방법론이기도 하고, 그들이 전혀 다른 생성적 과정을 상상해갈 수 있는 하나의 방식이기도 하다. 이일향 시학의 근원적인 모험 정신이 바로 여기에 있다.

멀어간 내 푸른 날

그 언덕 넘어 스러지고

비탈진 세월일래
백발 이고 길 나서니

노을도
숨어버리고
땅거미가 자리를 편다
ㅡ「비탈진 세월」전문

네 눈에 안 보인다고
없다고만 하지 마라

어두운 밤하늘에
묻어둬도 빛나는 별

그 너머
한 금을 더 긋고
떨어지는 별똥별
ㅡ「유성流星」전문

이일향 시인은 자신의 시간이 '비탈진 세월'이었음을 고백해간다. "멀어간 내 푸른 날"과 "그 언덕 넘어 스러지고 // 비탈진 세월"은 아마도 자신의 청춘과 중년을 이야기하는 것일 터이다. 그리고 마지막에 등장하는 "백발 이고 길 나서"는 순간은 노경老境의 어느 한순간을 암시하는 것일 터이다. 그렇게 "노을도 / 숨어버리고 / 땅거미가 자리를" 펴는 시간은 실존적 어둑함과 상실감을 동반하는 듯하지만, 거꾸로 그 안에는 비탈진 세월을 걸어온 노익장의 역리逆理가 숨 쉬고 있기도 할 것이다. 자연스럽게 시인은 눈에 안 보인다고 하여 없다고 단언할 수 없는 삶의 이치를 '유성'이라는 구체적 대상물을 통해 은유하는 쪽으로 나아간다. "어두운 밤하늘에 / 묻어둬도 빛나는 별"은 어느새 금을 그으면서 나타나 지상으로 떨어지지 않는가. 그 '유성=별똥별'의 존재 방식은 시인으로 하여금 "지나온 길목마다 / 노을빛 자국만 남아"(「가을비」) 있는 시간을 정성스레 수습하게끔 해준다.

콘크리트 그 적막에
내가 갇혀 있습니다

186

시간의 두려움이
온몸을 얼립니다

고독이
어둠을 뚫고
전류로 흐릅니다
  ―「고해告解」 전문

하얀 돌 포개 얹어
내 뜰 안에 세워두고

밤이면 별빛마저
받아 인 채 불을 켠다

예순 해
솔바람 소리
밤을 기대 서본다
  ―「석등石燈」 전문

'고해'라는 제목을 단 것처럼 고백 속성이 강한 앞의 시편은, 콘크리트 적막에 갇힌 존재자로서의 삶과 함께 "시간의 두려움"이 온몸을 얼려가는 과정을 들려준다. 그 적막은 호환할 수 없는 '고독'으로 이어지면서 시인으로 하여금 "어둠을 뚫고 / 전류로 흐"르게끔 한다. 이 '두려움/앎/고독/어둠'의 과정적 연쇄가 시인이 겪어온 '고해苦海'의 시간을 암시해주지만, 시인은 전류로 흘러가는 역동성을 통해 두려움과 어둠을 넘어서려는 암시를 함께 흩뿌려 놓는다. 뒤의 시편은 '석등'이라는 구체적 사물을 통해 "예순 해 / 솔바람 소리"를 맞아온 시인 자신의 기억을 톺아 올린다. 밤을 기대 서보는 '석등'은 그 점에서 시인 자신이 살아온 시간의 은유적 등가물인 셈이다. 그렇게 "하얀 돌 포개 얹어 / 내 뜰 안에 세워"둔 석등은 "밤이면 별빛마저 / 받아 인 채 불을" 켜고 있음으로써 마치 지상에 존재하는 유성의 역할을 해준다. "혼자 가라앉아 우는 바다"(「허」)처럼 가라앉아서 시간을 환기하는 사물의 모습이 거기 있는 셈이다.

　이처럼 이일향 시편은 시인 스스로 겪어온 시간에 대한 사후적 경험 형식으로 발원하고 쓰인다. 비록 시간 자체를 넘어서는 주제를 취하고 있다 하더라도, 그 역시 시인이 지나온 시간에 대한 판단을 담고 있는 경우가 많다. 그만큼 이일향 선생의 시는 시간에 대한 경험적 재구성의 양식으로 나타나며, 폐허와 절멸의 시대에 아직도 우리가 서정시를 쓰고 읽는 것이 이러한 시간에 대한 재구성 원리가 세상을 상상적으로 견디게끔 해주기 때문임을 알게 해준다. 그 점에서 이일향 선생은 '시인'이 오랜 흔적을 순간의 함축 속에서 발화함으로써 이 폐허와 절멸의 시대를 견디게끔 해주는 사람이라는 사실을 강렬하게 보여주는 뜻깊은 실례로 남을 것이다.

8. 심연의 소리를 통해 가 닿은 성찰의 시학

우리가 알거니와 매우 오랜 양식적 계승과 변형을 치러서 오늘에 이른 '현대시조'는, 정형 양식으로서의 기율을 통해 고유한 균형과 절제의 원리를 견고하게 지켜왔다. 그동안 현대시조는 서구의 미학적 박래품舶來品에 대한 실천적 항체抗體를 지속적으로 길러왔고, 서구적 특수성에서 자라난 다른 역사적 장르와는 전혀 다른 고유한 언어적 토양을 만들어왔다. 이는 우리 시조가, 다양한 원심적

파격이 부박하게 떠도는 시대에 대한 대안적 양식이 될 수 있음을 명징하게 보여주는 사례일 것이다. 그래서 우리는 이른바 '역진逆進'의 상상력을 통해 여전히 중요한 양식으로서의 시조의 가치와 의의를 지켜갈 수 있을 것이다. 다른 전통 양식이 한결같이 소멸의 양상을 보인 것과는 달리 시조가 이러한 창신創新의 길을 갈 수 있었던 것도, 역진의 상상력을 통한 균형과 절제의 원리가 그 안에 있었기 때문일 것이다. 우리가 읽어온 것처럼 이일향 시인의 이번 단시조집은 이러한 정형 양식의 위의威儀와 현대적 감각의 활달함을 동시에 보여준 뚜렷한 성취로 기억될 것이다. 그만큼 이일향 단시조 미학은 선생이 써온 시조 가운데에서도 가장 빛나는 고갱이라고 할 수 있다. 그것은 선생의 단시조야말로 심연의 소리를 통해 성찰의 시학에 가 닿게끔 해준 유력한 방법이었기 때문이다.

뒤란에 고이는
겨울밤
달빛처럼

이만치 거리를 두고

혼자 앉아본다든가

아니면
울음을 기대고
등 비비고 싶은 거라
ㅡ「고독은」 전문

너와 나 물에 잠기면
호수도 하늘이 된다

너와 나 몸을 뒹굴면
세상은 풀밭이 되고

둘이서
부리를 묻으면
물도 잠든 흰 구름
ㅡ「동행」 전문

   '고독'과 '동행'이라는 상반된 주제를 다루고 있는 두 시
편은, "밟히면 / 소리로 우는"(「가을 단상」) 존재자로서의

인간 모습을 약여하게 보여준다. 가령 "뒤란에 고이는 / 겨울밤 / 달빛"이나 "물에 잠기면 / 호수도 하늘이" 되는 신비로운 자연현상에 의탁해볼 때, 우리는 고독한 단독자單獨者이자 이 세상을 함께 걸어가는 동행자同行者가 아니겠는가? 그래서 이 두 시편은 사뭇 동일한 목소리로 수렴되고 만다. "이만치 거리를 두고 / 혼자 앉아" 있는 것이나 "너와 나 몸을 뒹굴면 / 세상은 풀밭이 되"는 과정은 바로 그 이형동궤異形同軌의 모습이 아닐 수 없다. 그러니 자연스럽게 "울음을 기대고 / 등 비비고 싶은" 마음과 "둘이서 / 부리를 묻으면 / 물도 잠"들어 갈 마음은, '이일향'이라는 한 시인에게서 나온 정서적 쌍둥이일 것이다.

오늘도
해 질 무렵
먼 산을 바라본다

눈앞에
푸르무레
머흐는 이내 속을

한목숨

아끼던 날도

함께 서려 흐른다

─「한목숨 아끼던 날도─석일당 시惜日堂詩 1」전문

저문 산

바라보니

섭섭하게 물이 든다

하늘도

고즈넉이

당신 생각 잠겼는데

나뭇잎

한 잎 지우듯

또 하루가 저문다

─「나뭇잎 한 잎 지우듯─석일당 시惜日堂詩 7」전문

　'석일당'에서 시를 길어 올리는 선생은, 한목숨 아끼던
날이나 나뭇잎 한 잎 지우는 날이나 한결같이 깊은 심연

의 소리로 자신의 영혼을 채워간다. 해 질 무렵 저문 산을 바라보거나, 눈앞에 머흐는 속을 생각하거나, 당신 생각 잠긴 하늘을 바라보거나, 그렇게 하루하루가 저물어가는 과정은 '석일당'이라는 당호堂號처럼 그것을 애석해하는 시인의 마음을 진정성 있게 담고 있다. 이때 우리가 정형 양식인 '시조'에 대해 이일향 시편을 통해 메타적으로 성찰하는 일은 매우 중요한 의미를 띤다.

최근 우리가 경험해온 정형 양식 안에는 정형 특유의 양식적 구속을 최대한 벗어나 정형 안에서의 일탈적 호흡을 누리려는 각양의 지향이 나타나고 있다. 시조의 견고한 정형적 틀을 벗어나 정형 안에서 한껏 다양한 율격적 실험을 하는 경우가 많아진 것이다. 그러나 잘 쓰인 정형시의 경우, 그것은 대개 섬세한 운율을 생성하면서 그 안에서 종요로운 감각과 사유를 보여주게 마련이다. 그래서 그것은 한결같이 이 첨단의 해체 시대에 왜 정형 양식이 필요한가를 증언해준다. 이일향 시조 미학은 이에 대한 답변으로 읽히게 될 것이다. 그만큼 선생의 시편은 구심적인 정형 미학에 충실하면서도, 내용적으로는 다양한 원심적 목소리로 채워져 있는 세계이다.

우리가 정형 원리와 고전적 주제로 시조를 설명하는 관행은 결코 낯선 것이 아니다. 그것은 시조가 근대시의 일반 기율인 내면의 자율성을 노래하기보다는, 선험적 율격과 전통적 시상詩想의 결속을 충족하는 쪽으로 쓰여왔기 때문일 것이다. 물론 고시조가 현대시조로 발전하면서 다양한 현대성의 감각이 시조의 외연 확장에 기여해왔지만, 그럼에도 불구하고 시조의 근간이 정형 원리와 고전적 주제에 있다는 것이 근본적으로 변하지는 않았다. 그 점에서 우리 현대시조는 시조 고유의 속성을 생동감 있게 유지하는 한편, 그 안에서 억압되거나 유보되어왔던 현대적 가능성을 극대화하는 쪽으로 방향타를 돌려야 한다는 과제를 안고 있다고 할 수 있다. 우리가 천천히 읽어온 것처럼 이일향 시학은, 정형 율격을 섬세하게 지켜오면서도 다양한 현대적 삶을 반영하는 일이 앞으로의 현대시조에 부여된 미학적 과제라는 점을 선명하게 보여주고 응답한 실례로서 다가온다.

물론 단시조 미학이 원천적으로 제한적인 부분에 대해서는 앞서 여러 차례 강조한 바 있다. 정형이라는 요건을 충족하면서 변격을 시도하기에 워낙 비좁은 단시조는, 그럼에도 불구하고 직관적이고 고요한 세계를 담아내는 데

독자적인 장처長處를 가진다. 이일향 단시조 미학은 그렇게 고유한 원초적 감각과 아름다움을 수반하면서 천천히 우리 시대의 속성을 담아내고 있다는 점에서 한층 계고적戒告的이다. 그것은 궁극적으로 '시조'를 통해 선생이 얻어낸 성찰과 회귀의 의지에서 발원하는 것일 터이다. 그래서 우리는 선생이 노래하는 '사랑'의 시학을 통해 이 세상의 불모성과 맞설 수 있는 천연의 힘을 부여받게 될 것이다. 그것이 어찌 소중하지 않겠는가! 이제 우리는 심연의 소리를 통해 가 닿은 선생만의 성찰의 시학이, 더욱 신성하고 아름다운 존재론적 거처를 찾아 나서는 시간을 개척해가기를 희원한다. 그리고 사랑의 힘으로 흘러가는 아름다운 목선 한 척이 개진해가는 창의적이고 심미적인 시조 창작의 과정을 우리가 오래도록 바라볼 수 있기를 마음 깊이 소망해본다.